D1738979

Comentarios y sugerencias:
correo electrónico: editor@fce.com.mx

COLECCIÓN POPULAR

306

LA LLORONA

CARMEN TOSCANO

LA LLORONA

FONDO DE CULTURA ECONÓMICA
MÉXICO

Primera edición (Tezontle),   1959
Segunda edición (Col. Popular), 1985
    Segunda reimpresión,   1999

D. R. © 1959, Fondo de Cultura Económica
D. R. © 1994, Fondo de Cultura Económica, S. A. de C. V.
D. R. © 1999, Fondo de Cultura Económica
Carretera Picacho-Ajusco 227; 14200 México, D. F.

ISBN 968-16-1883-1

Impreso en México

La escena representa una plaza de la Nueva España en donde va a celebrarse la fiesta de la Santa Cruz. La cruz se alza en medio de la plaza, sobre una plataforma escalonada. No lejos de la cruz se encuentra una fuente. Al fondo de la plaza, la iglesia; y a la izquierda, la casa de don Nuño, con una plataforma saliente de la fachada, donde se efectuará el baile de los españoles. Esta plataforma, en un escenario al aire libre,[1] deberá sentirse como parte integrante de la casa, en un teatro cerrado estará incorporada a la escenografía y debe colocarse de modo que la acción del baile —casi simultánea— de españoles e indios pueda advertirse claramente por el espectador. Habrá varias entradas para los personajes.

La época, en México, a mediados del siglo xvi.

---

[1] Esta obra fue estrenada en la plaza de Chimalistac, en la ciudad de México, en abril de 1958. Al año siguiente se puso nuevamente, con motivo del Festival Casals, en el atrio de la Catedral de Jalapa, Ver.

PERSONAJES

MUJER PRIMERA

MUJER SEGUNDA

MUJER TERCERA

MUJER CUARTA

MUJER QUINTA

FRAY DOMINGO

FRAY ALONSO

PEDRO

INDIA PRIMERA

INDIA SEGUNDA

INDIA TERCERA

INDIA CUARTA

MACÍAS

MARÍA

LUISA

NIÑA

NIÑO

TRISTÁN

LISANDRO

NUÑO

MÚSICO

CANTANTE

ESTEBAN

VOCES: POETA

EL HOMBRE

PRIMER INDIO

PRIMER JUDÍO

SEGUNDO JUDÍO

VESPASIANO

PILATOS

ANA

PADRE DE ANA

MARTÍN

PRIMER VECINO

SEGUNDO VECINO

TERCER VECINO

CUARTO VECINO

PRIMERA VECINA

SEGUNDA VECINA

TERCERA VECINA

ESCRIBANO

OIDOR

ALGUACIL

CRISTÓBAL

VERDUGO

PREGONERO

INDIOS, VECINOS, INVITADOS, CRIADOS,
CANTANTES, SOLDADOS

LA LLORONA

Todavía a oscuras, un reloj comienza a sonar. Dan las doce. Hay un fondo de música extraña. Después se escucha el lúgubre grito de la llorona.

LA LLORONA

Ayyy... tristes de mis hijos... los pobrecitos... mis desdichados hijos...

Se ilumina la cruz y hacia ella van llegando varias mujeres sobrecogidas, en un movimiento de danza moderna.

MUJER PRIMERA

Es ella.

MUJER SEGUNDA

Dios nos ampare *(se santigua)*.

MUJER TERCERA

Casi la sentí el otro día junto a mí, como si me hubiera rozado las carnes... un frío sudor invadió mi cuerpo.

MUJER PRIMERA

Y al mismo tiempo dicen que se la ve en San Ángel... y se la ve en el Portal... y en la Quemada, en Mercaderes y allá por los Indios Verdes...

MUJER CUARTA

Qué inclemente destino la arrastra por las calles silenciosas y por las veredas más escondidas, por donde quiera su blanco espectro hace temblar los corazones, por donde quiera se escucha su espantoso lamento.

MUJER SEGUNDA

¿Qué horrible pecado habrá cometido esa alma en pena?

MUJER PRIMERA

Su llanto ha corrido por los campos, ha invadido las montañas, se tiende sobre los valles, su sombra suele desaparecer entre las aguas, y los tenues velos de su vestidura parecen flotar entre las nubes.

MUJER CUARTA

Cruza por los caminos blanqueados de luna y su voz se cuela entre las ramas de los árboles en los bosques, choca contra las peñas, ondula por las serranías...

MUJER QUINTA

Al caer la noche, su largo, su agudo lamento hace estremecer al más fuerte... yo he visto caerse de las manos los rosarios de muchas atemorizadas mujeres, al escuchar el lúgubre gemido.

MUJER SEGUNDA

No es un llanto humano, pero así nos resuena en la conciencia, invade el caracol de nuestro oído...

MUJER PRIMERA

Y parece que llevara consigo y adentro, las voces de muchas mujeres...

MUJER SEGUNDA

Más allá, mucho más allá del tiempo.

MUJER CUARTA

Malos augurios acarrea el oírla.

MUJER PRIMERA

Dicen que su grito más doliente lo lanza al llegar a la Plaza Mayor, que allí se arrodilla... y, vuelta hacia donde estaban los viejos teocalis de los indios, besa el suelo y clama con angustia y llena todo de aflicción.

MUJER SEGUNDA

Cuentan que amó intensamente...

MUJER CUARTA

Que fue abandonada...

MUJER TERCERA

Que cometió un horrible crimen...

MUJER QUINTA

Que hizo correr la sangre de los suyos...

MUJER PRIMERA

De todos modos, habrá sufrido mucho, pobre mujer... ¿por qué no puede descansar aún?

> *Se oscurece totalmente la escena y al iluminarse nuevamente la plaza se va llenando con los personajes de la época; algunas beatas se dirigen a la iglesia; hay señores españoles y niños que transitan; indios que arrastran su pobreza, alguno saca agua de la fuente, otro se aleja sirviendo de bestia de carga, azuzado por un español, hacia la casa de Don Nuño, a donde también se dirigen varios criados con viandas y una carreta que transporta unos barriles.*
> *Un grupo de indios arregla con flores la Santa Cruz.*
> *Fray Domingo sale de la Iglesia acompañado de Fray Alonso*

FRAY DOMINGO

Será mejor atenderlos ahora.

FRAY ALONSO

Teniendo que ocuparnos de la fiesta de la Santa Cruz, ¡imposible!

FRAY DOMINGO

Estos naturales son tercos. Y no hay que desdeñarlos...

FRAY ALONSO

Pero tenemos otras ocupaciones. Esa fiesta... la aglomeración de los indios...

FRAY DOMINGO

Debíais sentiros satisfecho. Tantos hombres que vienen a adorar a la Santa Cruz. La semilla sembrada ha caído en terreno fértil y va a dar sus frutos. Bendito sea nuestro Señor que nos permite verlo.

FRAY ALONSO

Terreno fértil... y a veces desconcertante, por demasiado fértil. No soy tan confiado como vos.

FRAY DOMINGO

Acaso porque habéis venido hace poco. Los indios son mansos y de buen corazón. Yo he aprendido a conocerlos...

FRAY ALONSO

Pues yo tengo de ellos la peor impresión; son hombres perezosos, dados a la embria-

13

guez y al disimulo. No deseo estar aquí mucho tiempo, os lo aseguro. Mi salud es precaria. No me ha probado el clima. Me siento inquieto en estos lugares.

FRAY DOMINGO

A veces parece que la quietud está en mudar puesto, cuando la quietud está en el corazón. Ya me véis; en cambio, dejo esta parroquia en vuestras manos, cuando ya me había acostumbrado a ella... y mudo de puesto, mas no de condición. Tan sólo soy un humilde y obediente siervo del Señor, como vos debéis serlo... Ojalá y Él os ilumine como lo hizo conmigo y aprendáis a amar a esos pobrecillos. *(Señala a Pedro que ha asomado y se dirige hacia la puerta de la Iglesia, seguido por las indias.)* Pero... mirad, ya está allí otra vez.

FRAY ALONSO

Vamos, tercos son, en efecto. Pues veremos qué quiere, preguntadle vos.

FRAY DOMINGO

Hijo mío, Fray Alonso es ahora el encargado de esta parroquia, y consiente en escucharos.

PEDRO

Gracias, Padrecito, me llamaré Pedro, si quiere darme el santo bautismo.

14

FRAY DOMINGO

Naturalmente que estará contento de haceros cristiano.

FRAY ALONSO

Menos mal que habla como nosotros, porque una de las dificultades con ellos es no entenderlos.

FRAY DOMINGO

¿Oísteis, Pedro?...

PEDRO

Atle onictlacac, amo nicmati.

FRAY DOMINGO

Dice que no entendió nada.

PEDRO

Me llamaré Pedro, si quieren darme el santo bautismo.

FRAY ALONSO

¿Y esas mujeres?

PEDRO

Quitoa zan ce nocihua, aquin nicmatiz nequi.

FRAY DOMINGO

Sabe que debe quedarse con una sola mujer y quiere saber cuál.

PEDRO

Ayac tlahuelcaquiliz nequi...

FRAY DOMINGO

Ninguna quiere ceder su lugar a la otra.

FRAY ALONSO

El caso es difícil, aunque bien sabemos que se presenta frecuentemente. Quizá lo más razonable sería escoger a la primera, porque no merece la más vieja ser repudiada por vieja, pero escogerla fuera cosa inútil si la decisión del indio no ayuda...

FRAY DOMINGO

¿Qué se puede hacer con tantas esposas?

FRAY ALONSO

Eso él debió haberlo pensado antes...

> *Todas las indias hablan casi a la vez.*

INDIA PRIMERA

Nictlacamati iehoatl, nehuatl icihua.

INDIA SEGUNDA

Nictlazotla iehcatl, nehuatl icihua.

INDIA TERCERA

Nictoca in tlalli, nictlacuitlahuia in mane-nemi. Nehuatl icihua.

16

MUJER CUARTA — *Malos augurios acarrea el oírla*

FRAY DOMINGO — *Dejo esta parroquia en vuestras manos*

MARÍA — *Vuestros hijos... miradlos ahí. Juegan*

LUISA — *La sangre suya y mía que se fijó en dos seres*
confundiendo mi amor y su mentira

INDIA CUARTA

Niyatiuh intianquisco. Nitlapapatla. Nehuatl icihua.

INDIA PRIMERA

Nehuatl icihua.

INDIA SEGUNDA

Nehuatl icihua.

INDIA TERCERA

Nehuatl icihua.

INDIA CUARTA

Nehuatl icihua.

FRAY ALONSO

¿Qué dirán ahora?

FRAY DOMINGO

Dicen todas lo mismo: que son sus esposas. Una va al mercado, otra siembra la tierra, otra lo obedece, otra lo ama...

PEDRO

(*En voz más baja.*) Amo nicnequi in cihua tlacaqui.

FRAY ALONSO

Y ahora, ¿por qué os habla casi al oído?

FRAY DOMINGO

No quiere que oigan lo que dice. *(Escucha a Pedro que le habla al oído.)* Dice que quisiera quedarse con ésa, que guisa muy bien el guajolote.

FRAY ALONSO

¿Será ese mérito suficiente para tener una esposa?

FRAY DOMINGO

(Después de oír nuevamente el secreto del indio.) Pero tampoco quiere dejar a esa otra, dice que es dulce como el maíz tierno.

FRAY ALONSO

¡Vaya...!

FRAY DOMINGO

(Otra vez después de escuchar al indio.) ¡Oh... hijo mío... eso no se debe decir!..

FRAY ALONSO

¿Qué dijo?...

FRAY DOMINGO

¡Que Dios lo perdone! No puedo repetirlo.

FRAY ALONSO

Va a ser difícil decidir, Fray Domingo, va a ser difícil...

18

INDIA PRIMERA

Nehuatl icihua. Chicuace noconeuh.

FRAY ALONSO

¿Qué dice?

FRAY DOMINGO

Ella debe ser su esposa, tiene seis hijos.

FRAY ALONSO

Ah, entonces es más fácil. Ella...

INDIA TERCERA

Nehuatl no nahui noconeuh.

FRAY DOMINGO

Ella también tiene cuatro hijos...

FRAY ALONSO

¡Virgen Santísima! Fray Domingo, no sé cómo podremos resolver esto. Tendremos que pensar bastante para encontrar una solución.

> *Llega Macías. (En un escenario al aire libre, puede venir a a caballo.)*

FRAY DOMINGO

Capitán Macías, vos por aquí...

MACÍAS

Creí que Fray Alonso os habría advertido...

FRAY ALONSO

No tuve tiempo, excusadme.

PEDRO

Amo velitiz in qualli bautismo ihuan miec cihua? In castilla tlaca iuh mochiuhque.

FRAY DOMINGO

Dice que si no es posible tener el santo bautismo y tener varias mujeres, como lo hacen los españoles.

FRAY ALONSO

¡Jesús Santo! Vaya reflexión. *(Al indio.)* Id con Dios, hijo mío, ya hablaremos nuevamente. Decidle que se vaya, Fray Domingo.

FRAY DOMINGO

Xi mocuepa moztla, Pedro. Fray Alonso mitztlacaquiz...

PEDRO

(Repitiendo su lección.) Me llamaré Pedro si quieren darme el santo bautismo.

Se retiran los indios.

20

FRAY ALONSO

(*Menea la cabeza.*) Creo que va a ser difícil, muy difícil...

FRAY DOMINGO

Yo también lo creo. (*A Macías.*) Capitán Macías, aunque Fray Alonso no haya podido advertirme, estoy a vuestra disposición. ¿Qué se os ofrece?

MACÍAS

Venía a hablaros de esas representaciones. Inventáis hacerlas y luego queréis que os cuidemos las espaldas. Hacéis alarde de vuestras conversiones, aprovechando nuestra fuerza.

FRAY DOMINGO

No entiendo lo que queréis decir.

MACÍAS

Mi opinión es que deben suprimirse esas representaciones, si nos van a distraer de más importantes tareas.

FRAY ALONSO

(*Explicando a Fray Domingo.*) Me sentía un poco temeroso de la aglomeración que iba a haber aquí... y solicité algunos soldados...

21

FRAY DOMINGO

¡Cómo! Año con año celebran aquí los indí-
genas una fiesta en homenaje a Nuestra
Santa Cruz y esta vez quise aprovecharme
de ella para hacerles conocer el auto de "La
destrucción de Jerusalén". Nada va a cam-
biar la ceremonia principal y no veo ningún
peligro. Creo que habéis exagerado, Fray
Alonso.

FRAY ALONSO

Excusadme.

FRAY DOMINGO

De todos modos, sois vos, Fray Alonso, quien
va a dirigir esta parroquia y si habéis soli-
citado la ayuda de los soldados...

MACÍAS

(Insiste, acercándose a Fray Domingo.) Mi
parecer es que las representaciones...

FRAY DOMINGO

La Iglesia necesita de esas representaciones
porque más que las prédicas llegan al corazón de los naturales, que muchas veces entra
por los ojos lo que por el oído no entra...
No, no podrían convencerme, y cada quien
sabe sus procedimientos...

FRAY ALONSO

*(Señalando a Pedro que se acerca a Fray
Domingo.)* Otra vez ese indio por aquí.

PEDRO

Achtopa cenca qualli onitlailnamic, nicya-
catticatlalia in muchintin cihua. ¡Ma qualli
bautismo tlapopolhuia!

FRAY DOMINGO

Dice que ya lo pensó bien y que prefiere con-
servar a todas sus mujeres, que se lo perdone el santo bautismo. *(Furioso ante la risa
de Macías.)* ¿Os divierte? Vos resolveríais el
problema de ese indio matando a todas sus
mujeres... como queréis resolver el problema de vuestra tranquilidad suprimiéndonos
una fuente de enseñanza. Pero, recordadlo,
aniquilando los cuerpos no se destruye la
idolatría, antes bien, se alimentará con odio.
Y vos, Fray Alonso, si ejercéis ya el ministerio de esta Iglesia, sabréis cómo hacerlo a
vuestra conveniencia. Excusadme si me re-
tiro a cumplir algunos menesteres.

*Sale Fray Domingo seguido
de Pedro y sus mujeres hacia
la Iglesia.*

23

FRAY ALONSO

Es bueno, pero me parece demasiado confiado. Tal vez le afecta dejar esta iglesia en
la que estuvo durante tanto tiempo.

MACÍAS

Prefiero entenderme con vos. Tengo una
cita dentro de poco con un amigo. Da
una fiesta en su casa. Es Don Nuño de
Montes Claros. ¿Le conocéis?

FRAY ALONSO

No. Es poderoso caballero, a lo que entiendo.

MACÍAS

Amigo del Virrey y poderoso, en efecto...
(Se retiran.)

> *Entra Luisa, un poco indecisa.
> Al fin se dirige hacia la casa
> de Nuño. Va a tocar. La de-
> tiene María, cerca de la fuen-
> te. Anochece. Las campanas y
> un órgano suenan a lo lejos.*

MARÍA

Deteneos, señora, no lo hagáis.

LUISA

¿Os creéis autorizada para detenerme?

MARÍA

Os he visto pasar los días casi sin alimento y las noches con los ojos abiertos. He advertido vuestras lágrimas y he respetado vuestro silencio... pero hoy habéis salido de la casa con tan extraña expresión en el rostro...

LUISA

Hoy rompí los amarres que me ataban a la prudencia, porque me era preciso saber... un mar me separaba de lo mío, un mar de angustia y de sombra que me niega las respuestas... hoy decidí lanzarme a su negrura, buscando con el alma si es verdad lo que la malicia teme.

MARÍA

Y habéis recorrido la ciudad inquiriendo inútilmente por una presencia que se os escapa. Allí *(señala la casa)* os dirán lo mismo: que ha tiempo que no se presenta por estos lugares, que nada pueden deciros acerca de él.

LUISA

(Sorprendida.) ¿Cómo sabéis?

MARÍA

Os he seguido. No continuéis por ese camino. Dios encerró en arcilla la esencia divina de los hombres. Olvidad, señora, consolaos. No persigáis lo que por su gusto no llega. Tenéis a vuestros hijos. Terrible cosa es que una madre no quiera ver a sus hijos y trate de escapar de la tierna prisión de sus brazos.

LUISA

En algún sitio pueden informarme. A esa casa sé que viene muy poco, pero quizá...

MARÍA

En ningún sitio quieren informaros. ¿No lo entendéis? (*Señala la Iglesia.*) Mirad, en esa iglesia está el padre Domingo, que suele dar buenos consejos a las almas atormentadas... ¿Por qué no lo visitáis?

LUISA

(*Muy triste.*) ¿Qué podría decirme? Si vuestros ojos no son ciegos habrán distinguido la verdad de mi vida. No ignoráis las cosas. Estuvísteis conmigo desde el principio.

MARÍA

Y me he aficionado a vos...

LUISA

A los niños, María, y os lo agradezco...

MARÍA

Si estuviéreis como yo con ellos, tal vez os distraerían.

LUISA

¡No busco distracción! No puede haber distracción para lo que me ahoga. Sois la única persona con quien puedo hablar y os habréis dado cuenta de que prefiero no hacerlo. Absteneos, pues, de darme consejos inútiles.

MARÍA

Perdonad, señora, si queréis tener cegado el entendimiento además del oído, pero soy vieja y he visto algo más que vos en este pedazo de mundo. Escuchad, el olvido de los hombres sólo tiene un remedio.

LUISA

¿Cuál?

MARÍA

Olvidarlos también. No sin antes procurarnos algún recuerdo efectivo de su paso por nuestra vida.

LUISA

(*Indignada.*) ¡Podéis decir cosa semejante!

MARÍA

Por no obrar así, me encuentro ahora a vuestro servicio. Un amor como el vuestro es digno de compasión.

LUISA

Os prohibo que me compadezcáis. El amor no debe ser compadecido, lleva en sí mismo su gloria y su perdición, a sí mismo se basta. ¿Cómo podríais comprenderme, si miráis las cosas de otra manera? Desde que lo vi por la vez primera me entregué por entero, ya no hice otra cosa que esperarlo. Quedó clavado desde entonces en mi pensamiento. Y un día abandoné todo por seguirlo. Dejé a mi madre enferma. Acepté alejarme con él por unos minutos, pero los minutos no se miden en el tiempo del amor y ese fuego sordo que ya me quemaba por dentro se apoderó de mí. Nunca pude volver.

MARÍA

Pensad en otras cosas. Os lo ruego. Procurad distraeros, olvidad.

LUISA

¿Cómo podría? Si sólo vivo para sufrir su ausencia y para revivir los momentos que estuvo conmigo. Un día llegó a verme. Como de costumbre, lo aguardaba en la ventana: "¿Hasta cuándo os decidiréis, amada mía, a venir conmigo?" —fueron sus palabras... Argüí, repliqué... mi anciana madre necesitaba de mí... "En cuanto termine la investigación del Virrey, yo podré darme a conocer y seréis mi esposa"...

MARÍA

Eso es, tenía que ofrecéroslo. Es lo que hacen...

LUISA

Ése era mi mejor sueño... "¿Os resistís a acelerar nuestra dicha?" continuó diciéndome. "Es que no es posible" —le respondí—, "bien sabe el cielo cuál es mi mayor deseo, bien sabe qué dolorosa agonía es la de no estar a vuestro lado. Día a día, cuando el sol abre sus párpados para mirarnos y su calor enciende nuestras venas, me encuentra con los ojos abiertos, tan sólo sumergida en la honda angustia de no teneros. Cuando venís, todo es distinto, pero cuando no estáis, las horas escurren como malas serpientes y en la incertidumbre de que no llegareis, siento que van a estrangularme..."

MARÍA

Qué extraño modo de recitar lo que habéis vivido, como si ya no fuera vuestro.

LUISA

Ausente estoy de mí, que mi pensamiento carece de voluntad desde que no encuentro a Nuño. Luego me habló del lugar que tenía preparado para nuestro amor. "¡Oh Luisa, cuántos bellos días estamos dejando escapar, cuántas horas que huyen con el aire y

que jamás volverán hacia nosotros!..." Yo
comencé a titubear... "Podríamos ir y re-
gresar en unos instantes." Escuché su voz,
me negué nuevamente... Entonces se nubló
la luz de sus ojos... y cambió el tono. "Creo
que no debemos volvernos a ver. En el amor,
las pruebas son las que cuentan. Os he probado yo mi devoción y afecto, en cambio,
desconfiáis de mí. Es mejor terminar de
una vez, Luisa..."

MARÍA

No puedo entender eso. A pesar del sufri-
miento que os causan, os complacéis en revivir las cosas...

LUISA

Es verdad. Un hombre se aparta de nuestra
vista, pero si no se aparta de nuestro corazón, seguimos presas de su presencia. Una
serie de imágenes nos asaltan: su risa, su
manera de acercarse, el movimiento de
su mano, el brillo de sus ojos, la suavidad
de sus cabellos... y revivimos uno a uno
los instantes que con él hemos pasado, los
goces que el roce de sus manos nos ha pro-
ducido y las palabras... las palabras se re-
piten, se multiplican... aquí, aquí... las
repetimos aquí... dulces a veces, tiernas...
violentas otras, amenazadoras... "¡Es mejor
terminar de una vez, Luisa...!" No, no. Eso

no podía ser... ¡era horrible! Yo no podía dejarlo... ¿Cómo podía pensar que se iban a alargar hasta el siempre esas noches de angustia en que no lo veía? Huí con él... Y sabéis lo que siguió.

MARÍA

Vuestros hijos...

LUISA

La sangre suya y mía que se fijó en dos seres, confundiendo mi amor y su mentira. Dos nuevos seres...

MARÍA

Vuestros hijos... Basta. Los traje conmigo. Miradlos ahí... juegan... (*Llama a los niños que han llegado jugando cerca de la fuente.*) Venid...

LUISA

No, dejadlos.

MARÍA

Creí que el verlos os convencería de volver a casa. Cuando vi cómo vagabais sin rumbo por las calles, fui a traerlos para encontraros, sospeché que vendríais para acá... (*A los niños.*) Venid os digo... (*Se acercan los niños.*)

LUISA

Sus hijos... (*Acaricia al niño.*)

NIÑO

¡Madre!...

NIÑA

¿Por qué no venís con nosotros a casa? Tengo sueño...

MARÍA

Son bellos.

LUISA

Sí, son bellos; ella se parece a su padre, y es ambiciosa, como él. Y él, pobrecillo, es como yo... suele esconderse para que no le vean llorar... Son bellos los dos...

MARÍA

¿Os conmovéis?, ¿os dan ternura? ¿Vais a venir entonces con nosotros?

LUISA

Oh, no. Son ahora otros mis propósitos. Callad, e ir a acostar a esos niños... alimentadlos para que puedan vivir... para que sigan creciendo... entre nosotros...

MARÍA

Con nosotros, queréis decir...

LISANDRO — *No quisiera verme en ese trance*

NUÑO — *Esto es México, me dije*

VOZ HOMBRE — *Abatíos mexicanos, los que alimentáis en vuestra
sangre a dioses siniestros*

VOZ POETA — *¡Oh, señor que dais la vida! ¿qué ha sido de nuestro
imperio?*

LUISA

Entre él y yo... No faltó nunca antes de que llegaran ellos.

MARÍA

Me dais miedo, señora. (*Toma a los niños y retrocede.*)

LUISA

¿Pues qué esperáis entonces? Lleváoslos...

MARÍA

¿Para que llaméis a esa puerta?

LUISA

No, tal vez tengáis razón. Es inútil hacerlo. Pero decidme, ¿podré encontrar ahora al padre Domingo? Ese que aconseja a las almas atormentadas.

MARÍA

Sin duda...

LUISA

Iré a buscarlo...

MARÍA

¡Bendito sea Dios!

LUISA

Vos ocupaos de los niños. Acaso el padre Domingo sepa indicarme el rumbo...

MARÍA

Lo deseo.

LUISA

El rumbo por donde Nuño pudiera encontrarse. *(Se aleja Luisa hacia la iglesia.)*

MARÍA

Señora... ¡oh!... *(A los niños.)* Vámonos.

NIÑO

Me gusta este sitio, ¿por qué no nos quedamos aquí?...

NIÑA

La esperaremos...

MARÍA

No. Tenemos que irnos...

NIÑO

Pues llevadme si podéis. *(Echa a correr.)*

NIÑA

Y a mí... *(Corre la niña.)*

MARÍA

Pero ¿qué es esto? Obedeced. Venid. *(Sale tras ellos.)*

> *Tristán viene por una calle y se acerca a la puerta de la casa de Don Nuño. Llama. Sale Lisandro.*

TRISTÁN

¡Ea! ¡Paso a su alteza!

LISANDRO

Mirad que entréis con buen pie.

TRISTÁN

Todavía no entro... ¿qué, no ha llegado nadie todavía?

LISANDRO

Es temprano aún, mas no deben tardar.

TRISTÁN

De todos modos darame tiempo de llegar hasta el solar del herrero, en donde pienso encontrar lo que busco.

LISANDRO

¿Qué asunto os lleva?

TRISTÁN

Mirad.

LISANDRO

¿Oro? ¿Pero hay esto todavía?

TRISTÁN

Con un poco de fortuna, suele encontrarse.

LISANDRO

Y ella nunca os abandona... un día daréis con el tesoro de Moctezuma.

TRISTÁN

Ese sueño es tan mío como vuestro... pero aunque no fuera tanto, me conformo con algunas como ésta de vez en cuando. *(Acaricia su oro.)*

LISANDRO

Y ¿dónde la hubisteis?

TRISTÁN

¿Os acordáis de Pedro, el hijo de Juan, aquél que más cuentas de vidrio regó entre los indios a cambio de turquesas, plumas y oro, cuando recién llegó el Marqués? Pues Pedro heredó del padre los buenos instintos y aunque dice que el negocio está muy malo, que los indios son cada vez más ladinos y ambiciosos, la verdad es que no dejan de producirle de vez en cuando. Apurado estaba en una deuda de juego y yo gané esto.

LISANDRO

¿Y qué haréis con él?

TRISTÁN

Voy a bebérmelo.

36

LISANDRO

¡Cómo!

TRISTÁN

Al solar del herrero van a llegar unas barricas de buen vino enviadas de la Península... Tornaré el metal en líquido.

LISANDRO

Trueque digno de vos.

TRISTÁN

Trueque al fin, y en esta tierra de magia el trueque es el origen y el fin de todas las cosas. El trueque, el cambalache, la permuta, el canje... Cámbiase el oro por cuentas de vidrio, truécanse las caricias por dinero y el dinero por caricias, comérciase con el honor, para obtener el poder y luego con el poder se obtiene el honor, inviértense los valores, el mano a mano y el toma y daca le dan vida al comercio y recordadlo: sólo el comerciante y el político pueden hacer fortuna y triunfar en esta Nueva España. Con que, hasta pronto, que el primero que llega puede escoger. Os convidaré un vaso... Pero, mirad...

> *Una india perseguida por un soldado español cruza la escena.*

TRISTÁN

Ése sabe a lo que juega.

> *Por la calle donde se pierde
> la pareja se escucha un grito.*

LISANDRO

Y no erró el tiro... (*Ríen.*)

> *Aparece María, buscando a los
> niños. Un sacerdote, al cual
> sigue un grupo de indios, pasa
> llevando el Viático, todos se
> arrodillan santiguándose.*

LISANDRO

No quisiera verme en ese trance.

TRISTÁN

Descanse en paz.

MARÍA

(*Que se ha acercado a ellos, oyendo a Tristán.*) Ojalá fuerais vos quien descansara, dejaríais descansar a los demás. Así quisiera veros.

TRISTÁN

Hola, prenda, agria sois como los limones, pero no incitáis como ellos... He buscado a vuestra ama por toda lá ciudad y vengo aquí a encontraros.

38

MARÍA

Donde precisamente no hubierais querido
encontrarme... Lo sé... Lo sé...

TRISTÁN

¿Cómo adivináis? *(A Lisandro.)* Mirad, es
adivina...

LISANDRO

Que adivine cuántas copas nos caben en el
hígado.

MARÍA

Tantas como las ideas que os faltan en la
cabeza. *(A Tristán.)* Os conozco... donde estáis, algo malo se trama.

TRISTÁN

¿Dónde está vuestra ama?

MARÍA

Si tan insistente la solicitáis, decidme el
motivo, y yo veré si conviene indicaros el
sitio.

TRISTÁN

Sólo tengo que darle un recado. *(Acaricia
un taleguillo de monedas.)*

MARÍA

Demasiado pequeño...

TRISTÁN

¿El recado?

MARÍA

No, el taleguillo. Apenas estaría bien para mis manos... si os dijera donde se encuentra mi ama...

LISANDRO

Resultó interesada...

TRISTÁN

¿Habéis perdido el juicio? En todo caso... pensándolo bien, el taleguillo puede ser mío... y a vos que os quede el recado: Id a decir a vuestra señora que el ilustre caballero don Nuño de Montes Claros se aleja de la Nueva España... para siempre.

MARÍA

¿Es verdad? Sorda soy como una tapia y muda como un pozo sin agua. No diré una palabra. ¿Por qué no decís a vuestro amo que hable conmigo? Acaso él sí encuentre respuesta.

TRISTÁN

¿Y cómo explico entonces mi cometido? A vos qué os va en el asunto, después de todo, vieja entrometida...

MARÍA

Entre... ¿qué dijisteis?

TRISTÁN

Que os introducís en negocios que no son de vuestra competencia.

MARÍA

Pero éste sí que es de mi competencia *(le pega)*, esto va por lo de vieja y esto por lo que dijisteis... entre qué... que no entiendo... esto por lo que entendí y esto por lo que no... y esto más por añadidura, porque soy espléndida.

TRISTÁN

Ay, ay, socorro. ¡Dejadme entrar, amigo Lisandro! *(Entra en la casa.)*

LISANDRO

Escapaos de la fiera.

MARÍA

Y a vos, por ser amigo de ese bellaco, que algo os toque *(le pega a Lisandro, que entra también a la casa).* Y ahora ¿dónde están mis niños?

> *Sale María de la escena. Fray Alonso y Macías vienen de la iglesia, luego llega Nuño. (Si*

41

el escenario es al aire libre de-
berá llegar a caballo acompa-
ñado de dos hombres que se
retiran.)

FRAY ALONSO

Aquí os dejo…

MACÍAS

Cumpliré lo ofrecido vigilando la ceremonia de los indios desde la casa de don Nuño.
No tengáis temor. *(Al ver a Nuño.)* Don
Nuño, me adelanté un poco a la hora fijada
porque tenía que hablar con Fray Alonso,
este buen fraile que os presento. *(A Fray
Alonso, presentando.)* Don Nuño de Montes
Claros, el hombre que conserva los más ex-
traños y los más ricos tesoros.

FRAY ALONSO

Hasta mí ha llegado noticia de ellos. ¿Me
los mostraréis alguna vez? ¿Los conserváis
aquí?

NUÑO

No. No en esta casa. Aquí no guardo tesoros. La conservo por amor a la memoria de
mi padre, que gustaba alejarse del centro
de la ciudad, y en ella pasó sus más agra-
dables momentos, según decía.

MACÍAS

Cerca de las Calles Reales posee un palacio
maravilloso. Es un hombre rico, en verdad.

NUÑO

Puse mi brazo al servicio del Rey y la mano
del Rey fue pródiga para con su vasallo.

MACÍAS

No todos han corrido con la misma suerte.

NUÑO

La habrán desperdiciado o no la han visto.
La suerte es materia a la que nuestras manos pueden forjar. Pero entrad un momento
a casa, os convido.

> *Pasan a la plataforma de la
> casa que momentos antes ha
> sido iluminada por las antor-
> chas que llevan unos criados
> en las manos.*

FRAY ALONSO

Tenéis razón... Los hombres suelen culpar
a los otros del destino que ellos mismos se
labran con su precipitación, con su vanidad,
con su ambición o con su lujuria...

MACÍAS

Pecados comunes, de los que don Nuño sin
duda se ha podido librar.

NUÑO

No por cierto. Pero he sabido administrar-
me. *(A los criados.)* Traed vino.

> *Los criados han sacado una
> mesa y sillas.*

NUÑO

Puedo deciros que he vivido todas las experiencias posibles, excepto la de traicionar a
un amigo o la de obligar a una mujer. Nunca tuve necesidad de ello.

MACÍAS

Todos lo sabemos, no es prudente que refi-
ráis vuestras aventuras.

NUÑO

Si os confesara mi más grande aventura, os
asombraríais de ella...

MACÍAS

Os preguntaría: española, criolla, mestiza o
india.

NUÑO

Nada de eso... y todo eso a la vez. *(Saca una
pequeña caja de rapé.)* Todo está aquí, mirad... Éste es el mejor de mis tesoros.

FRAY ALONSO

¡Oh, tierra! Creí que me ibais a ofrecer rapé.
(Se sientan.)

44

NUÑO

Es tierra, tierra solamente... mi gran aventura. Un recuerdo de la mejor de mis expediciones. Ni los mantos de plumas de quetzal que conocéis entre mis tesoros, capitán Macías, ni la pedrería preciosa que hizo brillar vuestros ojos, nada de eso vale lo que este pequeño cofre contiene para mí.

MACÍAS

No comprendo.

NUÑO

Fue después de una batalla, cuando recogí este puñado de tierra. Estaba prendido a ella como si pudiera servirme de refugio... pobre refugio el de la tierra, frente a la muerte. En plena lucha había tropezado y caí al suelo, perdiendo el conocimiento. Eso me salvó. Habíamos sido fieramente derrotados, en una sin igual carnicería. Unos cuantos habían huido y tras ellos sus vencedores, persiguiendo a los nuestros y acabándolos sin piedad. Cuando me dí cuenta de lo que sucedía, permanecí inmóvil y continué entre los muertos hasta el anochecer. Al retirarme, tomé este puñado de tierra. Era como la vida para mí, en medio de aquel desastre.

FRAY ALONSO

Curioso pensamiento...

NUÑO

¿Os acordáis de esa expedición? Fue en busca de siete ciudades fantásticas que los relatos pintaban con colores de maravilla. Decíase que se llegaba a ellas por caminos de plata y las fachadas de sus casas estaban cubiertas de turquesas...

FRAY ALONSO

No conozco esa historia...

NUÑO

Y tras incontables peligros y hazañas dignas del Amadís, nuestros ojos alcanzaron la realidad... La burla y el llanto podrían ser recompensa: unas cuantas chozas habitadas por indios hambrientos y salvajes, ése fue nuestro hallazgo.

MACÍAS

Amarga experiencia.

NUÑO

No, yo diría, sabia experiencia. En eso reflexioné *(se pone de pie)* con este puñado de tierra en la mano. Eso es lo que pude ver claro ese día. Esto es México, me dije. Esto es, amigo mío: espejismo, engaño, campos de plata, yacimientos de oro... tierra de sueños... tierra de esperanzas, donde la única verdad es la muerte.

MACÍAS

Difícil os será convencerme, si pensábais
hacerlo, pues yo aún espero topar con esas
fachadas de turquesas y esos campos de
plata...

NUÑO

No, no trataba de desanimaros, hablaba sólo
de mi experiencia y para mí la verdad aquí
es la muerte. La muerte que se oculta de-
trás de estas bellas motañas y en el cuerpo
de cada indio que nos hace una reverencia
para esconder en ella su burla y su odio al
extranjero. La muerte y ese afán de ri-
queza...

FRAY ALONSO

He llegado hace poco tiempo y acaso no entiendo bien lo que sucede; pero ¿por qué no
habían de pretender una recompensa quienes
vienen a arrostrar el peligro teniendo que
luchar contra esos hombres?

NUÑO

Aquí no se lucha contra los hombres solamente, quizá lo sabréis muy pronto. Se lucha
con los pensamientos. Se lucha con los buenos y los malos agüeros, con el canto del
buho y el chillido de la lechuza que acarrean
enfermedades y muerte, con las hormigas,

las ranas y los ratones que traen mala suerte. ¿Sabéis oído hablar de los tlacanexqui-
milli?

FRAY ALONSO

No, nunca.

MACÍAS

¡Qué palabra tan difícil!

NUÑO

Ruedan sin pies ni cabeza dando gemidos
y son las ilusiones de Tezcatlipoca, el dios
siniestro de estas tierras. Si oís sus quejas,
de seguro pereceréis en la guerra.

FRAY ALONSO

¡Bah! Ésos deben ser los cuentos de la idolatría.

NUÑO

Yo no soy indio. Pero los siento a veces cerca de mí. Entendedlo. Los campos de estas
tierras están poblados de fantasmas y hay
que acostumbrarse. Se mueven entre los
hombres. Aquí se convive con lo extraordinario. *(Vuelto en dirección de la cruz.)* Los
viejos dioses asoman por todas partes; en el
agua, en el aire, en el fuego, en los alimen-
tos y en las acciones de los hombres. Os
acordáis de la pagana Grecia, sólo que allí

los dioses eran alegres y se divertían con los hombres, en tanto que aquí predomina lo siniestro, siembran discordias y les exigen la vida en la pelea.

FRAY ALONSO

Pues vaya que nos espera quehacer, pero nosotros acabaremos con eso.

MACÍAS

Y acabaremos también con los indios.

FRAY ALONSO

Dios nos ayude a no llegar a eso.

NUÑO

Acabar con los indios no es fácil. Para su conquista, el destino nos dio la única arma capaz de doblegarlos: la superstición. Pero si les hemos arrebatado sus tierras hay algo que se nos escapa. Esta es una tierra de magia, extraña a nuestros sentimientos y opuesta a nuestro pensar; todavía más, se apodera de nuestra alma y se fertiliza con nuestra sangre. Son pocos los que pueden escapar de ella después de que la tocan.

FRAY ALONSO

La transformaremos sin duda, ya lo veréis. (*Se pone en pie para salir, los otros le acompañan bajando de la casa de Don Nuño hacia la plaza.*)

NUÑO

Acaso la tarea no sea tan fácil.

FRAY ALONSO

Os mostráis escéptico. Tendré que conversar más largamente con vos. Ahora debo retirarme. (*A Macías.*) Me preocupa Fray Domingo.

MACÍAS

(*Explica.*) Fray Domingo ejerció hasta ahora el ministerio de esa iglesia y está molesto porque Fray Alonso, temiendo que la fiesta que los indios celebran aquí esta noche ocasione desorden, solicitó nuestra ayuda.

NUÑO

Y a fe que tiene razón Fray Domingo. Nunca sucedió aquí nada extraordinario...

FRAY ALONSO

Dicen que los indios...

NUÑO

Yo mismo vi hacer las excavaciones de esta iglesia. Mi padre no dejó de vigilar su construcción. Son invenciones. No estáis seguros de vuestra labor si dudáis de la conversión de los indios a nuestra fe. Tan malo es eso como que nosotros dudásemos de la fuerza de la conquista.

FRAY ALONSO

Vosotros seguís luchando, sin embargo.

NUÑO

Es verdad y la vuestra también es una lucha... Pero debéis emplear las armas con que contáis para defender las almas, como nosotros utilizamos nuestras armas para defender los cuerpos.

MACÍAS

De todos modos, estaremos cerca, Fray Alonso, id tranquilo.

FRAY ALONSO

Os lo agradezco, capitán Macías. *(A Nuño.)* Espero volver a veros.

> *Se retira Fray Alonso hacia la iglesia.*

NUÑO

(Volviendo con Macías a la casa.) Aguardaremos un poco antes de entrar. Un buen vaso de vino nos calmará la sed. *(Llama y ordena.)* ¡Traed vino! *(A Macías.)* Me agradó tanto encontraros y poder recordar mis años en Salamanca...

> *Unos criados comienzan a servir.*

51

MACÍAS

Donde gran fama dejasteis de enamorado,
como yo la dejé después de pendenciero...

NUÑO

Menuda sorpresa la de encontraros Macías,
cuando os dejé Cervantes.

MACÍAS

Perdí el nombre en un pleito, pues por no
perder la vida, vine aquí. Fue así como sur-
gió este capitán Macías.

NUÑO

A esta tierra se viene a nacer. No sóis el
primero.

MACÍAS

Pues espero nacer bien rico, porque pese a lo
que decís yo confío en volver a la Península
con un cargamento. Como el que vos lleva-
réis de aquí ahora.

NUÑO

(*Brindan y beben.*) Os deseo suerte. Pero os
aseguro que es difícil escapar de aquí. Lo
intenté muchas veces sin lograrlo. Me pre-
guntaba porqué. Me trajo la aventura y
acaso ella me mantuvo aferrado a esta tierra.
Siempre había algo que aplazara mi partida:
otra expedición, una nueva conquista...

Otras veces, la retención fue originada por algo más amable, como hombre lo sugeristeis hace pocos momentos: alguna criolla, alguna mestiza... la sumisa india que se pliega a nuestro placer...

MACÍAS

Y la española que al fin viene hoy a liberaros y os arranca de estas tierras.

NUÑO

Y para siempre, es mi deseo. La bella Ana me devuelve al solar de mis mayores. Esta vez nada podrá ya retenerme, Capitán Macías, nada.

MACÍAS

La fiesta que dais aquí esta noche, ¿es entonces para despediros?

NUÑO

Fue un capricho de mi bella Ana, anunciaremos en ella nuestro matrimonio. Os adelanto la noticia. Nos hemos casado secretamente esta mañana.

MACÍAS

Os felicito. *(Se abrazan.)*

NUÑO

Ella insistió que fuera aquí donde celebrá-
ramos el acontecimiento. En este lugar los
indios acostumbran siempre efectuar extra-
ñas ceremonias y las gentes dieron en ase-
gurar que habían enterrado a alguno de
sus dioses. Mi padre se empeñó en elevar
una cruz que varias veces fue derribada de
su pedestal. Entonces decidió construir esa
iglesia. Y estuvo a punto de perder la vida
en la empresa.

MACÍAS

Todo eso conmovió a doña Ana.

NUÑO

En efecto, y quiso que éste fuera el lugar
de nuestro mejor recuerdo. Por otra parte,
convenía a mi interés. El lugar es alejado,
silencioso, hasta aquí ya no llegan los chis-
mes de la corte y sólo un reducido grupo
asistirá a la fiesta.

MACÍAS

Alabo vuestra prudencia, pues si las cosas
son como lo pregona la fama, una asisten-
cia de damas no invitadas podría estor-
baros.

NUÑO

He cumplido como hómbre en esta tierra en
donde con sólo arrojar la semilla brotan las

plantas, por que propicia es para el amor y la sensualidad. Pero entremos ya, para ver si todo está listo.

Hacen ademán de entrar, se detiene Macías.

MACÍAS

Pero, mirad, parece que ya llegan los músicos.

NUÑO

(A los músicos.) Os habréis de lucir esta noche...

MÚSICO

Preparados venimos para ello.

Cantan desde afuera de la casa, mientras algunos criados despejan la plataforma frente a la casa de Don Nuño en donde habían servido el vino.

CANTANTE

Salí de la tierra mía,
dejé mi casa llorando,
qué lejos, Sevilla mía,
qué lejos te vas quedando...

A lo lejos ven venir algunos invitados.

NUÑO

(*A los músicos.*) Mirad que vuestra alegría
comienza a atraer a los invitados.

> *Van llegando los invitados,
> algunos en literas. Los mú-
> sicos se introducen a la casa.
> La segunda estrofa se escu-
> chará ya adentro.*

CANTANTE

Doscientas cincuenta leguas
llevo de navegación
y son otras tantas penas
que llevo en el corazón.

> *Siguen llegando los invitados.
> Se acerca Tristán.*

TRISTÁN

Señor, quisiera deciros algo...

NUÑO

(*A Macías.*) Excusadme... (*A Tristán.*) ¿La
encontrasteis?

TRISTÁN

Recorrí inútilmente todos los rincones de la
ciudad; la vieja criada se negó a decirme
en dónde se encuentra.

NUÑO

¿Dijisteis a María que yo partía de la Nueva
España?

TRISTÁN

Me contestó que era sorda como una tapia
y muda como un pozo sin agua y añadió que
si el señor fuera personalmente, acaso él pudiera enseñarle a hablar.

NUÑO

Qué osadía de vieja.

> *Siguen llegando los invitados
> interrumpiendo el diálogo,
> Nuño los atiende y sigue ha-
> blando con Tristán hasta la
> llegada de Doña Ana.*

TRISTÁN

Luego enarboló un mazo y mis huesos se
multiplicaron. Traigo en el cuerpo el dolor
de diez Tristanes que hubieran recibido diez
palizas.

NUÑO

Yo sé que puede aliviarlas, truhán.

TRISTÁN

Diez buenos vasos de vino, uno por cada
paliza.

NUÑO

¿Y el dinero?

TRISTÁN

A la mujer rogando y el dinero dando...
como el ruego fue imposible, traigo el dinero
conmigo.

NUÑO

Pues habrá que conservarlo. Que es preciso
arreglar ese asunto. Luisa deberá confor-
marse con mi partida.

> *Llega Doña Ana en litera, con
> su padre y séquito. Se sa-
> ludan.*

NUÑO

Doña Ana, mis ojos estaban ansiosos de con-
templaros, mis oídos de escuchar vuestra
voz y mi alma de vuestra presencia. Me pareció que nunca llegaríais.

DOÑA ANA

A mi padre le hizo el Cabildo la merced de
un solar por el Puente de las Ánimas. Hubo
de cumplir algunas disposiciones antes de
encaminarnos hacia acá.

NUÑO

Tuve noticia de esa disposición. Os felicito.

PADRE DE ANA

Conviene así al servicio de Dios y de su Majestad; pues no ignoráis que en él se piensa establecer una casa de reclusión para indios remisos.

NUÑO

Que son muy numerosos, por lo que espero que el solar sea muy grande para darles a todos cabida.

DOÑA ANA

Quería enviarme a mí por delante, pero decidí esperarlo.

PADRE DE ANA

Me parecía natural porque después de todo es ya vuestra esposa. Me siento orgulloso, don Nuño, de depositarla al abrigo de un hombre decidido y valiente.

NUÑO

Os estimo, señor, esas palabras y comprometo mi vida al aseguraros que sólo deseo la felicidad de vuestra hija.

DOÑA ANA

Sois gentil. Os amo...

NUÑO

Nunca tanto como yo a vos. Os aseguro que

59

desde que tuve la dicha de veros perdí la batalla. Pero fue la mejor batalla de mi vida. Ahora entrad que el frío de la noche pudiera dañaros.

> *Salen de la iglesia Fray Domingo y Luisa.*

NUÑO

(Sorprende a Luisa de lejos.) ¡Luisa! *(A Tristán.)* ¡No me ha visto!

LUISA

(A Fray Alonso, distinguiendo a Nuño.) Es él.

FRAY DOMINGO

Vuestros sentidos enfermos os hacen mirarlo por todas partes. Que Dios os ayude, hija mía. *(Se retira.)*

NUÑO

(A Macías.) Hacedme la merced de acompañar a mi esposa.

> *Macías toma de la mano a Ana y entran a la casa, seguidos del padre de Ana, e invitados.*

TRISTÁN

Os mira.

NUÑO

Es preciso arrancarla de aquí...

TRISTÁN

Alejaos, no entréis a la casa. Volveréis cuando logre llevármela.

NUÑO

Si le hablara... pero no, no quiero el escándalo.

LUISA

(*Viene por la plaza tratando de acercarse a Nuño.*) Nuño.

TRISTÁN

Señora...

LUISA

Nuño...

TRISTÁN

(*Interponiéndose mientras Nuño se aleja y sale de escena.*) Debéis escucharme. Os he buscado por toda la ciudad.

LUISA

¿Dónde está vuestro amo?

TRISTÁN

Un enemigo de mi señor intriga para que le arrebaten la vida.

LUISA

¿Qué decís?...

TRISTÁN

Un oportuno aviso lo alejó de aquí hace algunos momentos. No pudo detenerse.

LUISA

Y esa mujer.

TRISTÁN

¡Ah! ¿Os referís a la bella que entró en esa casa? Se desposa con el capitán Macías y mi señor ofrece esa fiesta en honor de la pareja.

LUISA

Quiero ver a Nuño.

TRISTÁN

Perded la esperanza, porque cuando os he buscado llevaba un recado de mi señor. Mi amo me dijo: Id a donde se encuentra doña Luisa de Alveros y decidle que el corazón desearía verla, pero el deber obliga; que parto de la Nueva España por mandato del señor mi Rey y que mi ausencia se prolongará durante muchos años.

LUISA

¿Y no fue a buscarme?

TRISTÁN

Le era imposible. Mi amo se había gran-
jeado muchas enemistades en las empresas
que le fueron encomendadas. Pero conten-
taos. Salva su vida el Rey alejándolo de
aquí.

LUISA

No es posible, no...

TRISTÁN

Sois joven y bella, podríais consolaros...

LUISA

(*Indignada.*) Si vuestro amo estuviese cerca,
jamás osaríais.

TRISTÁN

Si estuviese cerca... pero no está... si estuviese cerca...

LUISA

Idos de aquí.

> *Nuño sin ser visto por Luisa
> vuelve a la casa mezclado
> con unos invitados ocultán-
> dose cerca de una litera.*

TRISTÁN

¿Con vos? ¿Acompañándoos...? Durante

mucho tiempo os he transmitido los recados de mi señor... eso, ¿no tiene mérito alguno?...

LUISA

¿Os atrevéis⸮

TRISTÁN

Acostumbro recoger las migajas de mi amo, siempre lo he hecho, me parece lo más natural del mundo.

LUISA

¡Miserable!

TRISTÁN

No me juzguéis tan a la ligera. Sed inteligente, os conviene más darme gusto que enojarme. Tal vez podría serviros.

LUISA

(*Súbitamente.*) ¿A dónde parte vuestro amo?

TRISTÁN

A Flandes, señora...

LUISA

(*Cambia de tono.*)·Y si yo accediera... a que me acompañaseis...

64

TRISTÁN

No encontraríais mejor esclavo que yo. Os serviría de rodillas.

LUISA

Si le dijerais a don Nuño de Montes Claros que soy feliz de verme libre.

TRISTÁN

¿Me autorizáis?

LUISA

¿O si me llevarais hasta él, para decírselo yo misma?

TRISTÁN

(Riendo.) ¿Si os llevara hasta él?... Saltó la liebre. Queréis que lo traicione... ¿quién puede fiar en palabras de mujer? ¡Y yo que por un momento llegué a creeros! No, señora. Cuando queráis buscar a vuestro humilde servidor preguntad por el Alférez Francisco al herrero que vive junto a San Hipólito y él os dará mis señas. Ahora, aquí os va lo mejor del recado *(le arroja un taleguillo con monedas).* Mi amo es espléndido... que os duren. *(Va a alejarse.)*

LUISA

¿A dónde vais?

TRISTÁN

A buscar a mi amo.

LUISA

¿A buscar a Nuño?

TRISTÁN

Pero si vos me seguís, tendré que dar un rodeo muy grande por la ciudad para no encontrarlo. Al caballero don Nuño de Montes Claros le disgustan las despedidas. Olvidadlo, señora. Es un consejo... de alguien que os quiere... *(Va a alejarse nuevamente, se detiene.)* Qué... Creí que me ibais a seguir. *(Luisa titubea. Lo sigue.)*

> *Oscurece un poco la escena. Se oye primero la voz del poeta. En un ambiente irreal se van acomodando unos indios para la representación alrededor de la cruz y otros más lejos, jugando con las luces y la penumbra.*

VOZ POETA

Escucha estos cantos que entono tañendo el
   atabal florido;
por los collados fértiles de perfumadas flores
que alaban al Dios inmenso, el de los vistosos arco-iris.

66

Se ilumina el sitio donde se encuentran los indios. Otras voces, con la del poeta, van cubriendo la escena en que los indios parecen ofrendar a la Cruz.

VOZ PRIMER INDIO

Mexicanos, volved vuestros ojos al sol,
que allí se encuentra la mansión del Señor;
esparcid las flores de la sangre, escuchad
la voz:
Allí, sobre el nopal, donde el águila lleva en
el pico el signo de la guerra,
habrá de asentarse el imperio más grande
de todos los tiempos.
Qué importa que en alguna barranca queden
sembrados vuestros huesos.
No conviene que nadie empequeñezca los corazones;
que sólo la sangre y la lucha satisfacen al
Dispensador de la vida.

VOZ POETA

Triste está mi alma y mi corazón se desata
en llanto.
Gozad del momento de la lucha, nobles gue-
rreros,
porque la vida es un sueño donde se tejen
joyas o quebrantos

67

y nefastos augurios amenazan rodearnos de
ruinas por todas partes.

Un hombre, vestido de fraile,
parece llevar ahora la voz.
Mientras los indios continúan
la ofrenda.

VOZ EL HOMBRE

Abatíos mexicanos, los que alimentáis en
vuestra sangre a dioses siniestros.
Reflexionad en el caduco fin de todas las
cosas.
Recordad que las tierras todas que rodean al
Anáhuac fueron invadidas por vosotros
y se extendió vuestro poder más allá de las
altas montañas.
Pero el llanto amargo de Moctezuma aún
cae como llovizna sobre vuestros campos,
porque ningún imperio que no sea el del es-
píritu, prevalecerá sobre la tierra.

El conjunto de la iluminación
señala ahora al grupo de in-
dios que ahora empiezan a
acomodarse para la represen-
tación del auto de la Destruc-
ción de Jerusalén.

VOZ PRIMER INDIO

Que vociferen los enemigos y atruenen el
aire con sus armas infernales;
que las flechas volverán a erguirse como
brillantes plumas de colores

y se dispararán contra el cielo si él nos ha
   abandonado.
No escuchéis las voces de la derrota, esparcid las flores de vuestra sangre.
Porque es alegre morir al filo de obsidiana.

> *La casa de Nuño se ha ilu-*
> *minado más intensamente y*
> *salen a la plataforma Nuño,*
> *Macías, Ana e invitados espa-*
> *ñoles, que poco después ini-*
> *cian una zarabanda que debe-*
> *rá coincidir más adelante con*
> *la danza que los indios ini-*
> *cian dentro de la represen-*
> *tación del fragmento de "La*
> *destrucción de Jerusalén".*
> *Fray Alonso y Fray Domingo*
> *han aparecido también en la*
> *puerta de la iglesia. La panto-*
> *mima de los indios ha con-*
> *tinuado.*

VOZ POETA

¡Oh, Señor que das la vida! ¿qué ha sido
   de nuestro imperio?
Contradictorias voces lo impulsan.
arroyos de distintas sangres lo arrastran hacia el mar.
Triste está mi alma y el corazón se desata
   en llanto,
mientras el silencio cae como pétalos sobre
   las ruinas de Tenochtitlán.

*La música monótona indíge-
na se va apoderando de las
cosas. Un grupo de indios ves-
tidos como soldados romanos
rodean ahora el sitio donde
se encuentra la cruz, cerca de
la cual está el indio que representa a Pilatos, y se inicia
el fragmento del auto sacramental "La destrucción de Jerusalén".
Pilatos está rodeado de los
señores de su corte... La ac-
tuación de los indios es monótona, como si se tratase de
niños que se inician en el
teatro.*

PRIMER JUDÍO

¡Oh Pilatos, que cosa nos obligaste a hacer!
Cuando en presencia de Vespasiano llegue-
mos a estar, no tendrá misericordia de nosotros.

SEGUNDO JUDÍO

Tantos días de sitio. Y ¿qué cosas hemos de
hacer todavía?, ayúdanos que ya morimos
de hambre.

*Algunos cortesanos invitados,
desde lejos, se han interesa-
do por la representación.*

70

Representan el auto sacramental: "La destrucción de Jerusalén", Fray Alonso no está del todo equivocado, toda aglomeración de indios puede ser peligrosa. No puedo explicarme por qué admiten estas representaciones.

NUÑO

La iglesia insiste en que ayudan a la educación de los indios.

MACÍAS

Ya hemos tenido malas experiencias, pero no pueden convencerse, ni se convencerán. Yo por mi cuenta acabaría con todos los indios.

> *La representación ha continuado. Pilatos parece hablar con los señores de su corte. Se acerca el emperador Vespasiano seguido también de su corte. Tambores de sonar monótono preceden su paso. Se dirige a Pilatos, que está cerca de la cruz.*

VESPASIANO

Reconoce al emperador, sométete al que es tu amo y señor y abre bien las entradas de la ciudad.

71

PILATOS

(Contestando al emperador.) Aún todavía no hemos platicado, estamos en consejo y conmigo se consultarán.

PRIMER JUDÍO

(A Pilatos.) Oh, gran señor, se perderá tu señorío, tu nobleza y tu grandeza. Lo mismo pasará a esta tu ciudad Jerusalén y todo se destruirá juntamente con nosotros por causa tuya, así que vayamos a postrarnos ante el emperador y por ventura nos habrá de perdonar.

PILATOS

(Al emperador.) Ésta es nuestra respuesta: "Guardad vuestra vida que lo mismo guardamos nosotros la ciudad."

> *En la casa de Nuño ha continuado la danza española, mientras comienza la batalla por Jerusalén, una batalla simbólica, rítmica, como una danza primitiva, en que los hombres del emperador Vespasiano se acercan hacia el sitio donde está la cruz y poco después los indios inician una danza indígena con ondulaciones de serpiente, que llena la escena.*

72

MACÍAS

(Desde el balcón) ¡Qué extraño! Se dijera que más que representación efectúan un rito.

NUÑO

Así suelen hacerlo todo.

> *Continúan las danzas simultáneas. La conducta de los indios parece extraña. Macías y Nuño bajan de la plataforma para salir a la calle. Tristán ha llegado corriendo para alcanzar a Nuño.*

NUÑO

(Apartándose un poco de Macías, a Tristán:) ¿Fuísteis lejos?

TRISTÁN

Caminé y caminé... sin rumbo... pensando primero en provocar su cansancio. Me cansé yo. Entonces me detuve a la puerta de una iglesia. "Voy a rezar, dije, para que Dios proteja a mi señor." Y entré.

NUÑO

¿Y ella?...

TRISTÁN

Con la misma devoción me siguió. Empecé por el Padre Nuestro.

73

NUÑO

No os perdáis en esos detalles, proseguid.

TRISTAN

Sé pocas oraciones y dije todas, aún adere-
zadas con mi propio estilo. Ella no se movía.

NUÑO

Acabad...

TRISTÁN

De pronto se puso en pie y se dirigió hacia
el altar. Os aseguro que tuve miedo. Parecía la imagen misma del odio. Luego se des-
plomó en el suelo, bañada en llanto. Y yo
comprendí que ésa era mi oportunidad. Es-
capé volando por la sacristía, y heme aquí.

MACÍAS

Sería conveniente buscar a Martín, no ha
llegado aún. Ordené que estuviera aquí con
los soldados.

NUÑO

(A Tristán.) Id a buscar a Martín.

TRISTÁN

Bien, señor. (Sale.)

> Continúa la danza de los in-
> dios. Tristán vuelve con al-

gunos soldados y se acerca a Nuño.

Macías, desconfiado, ha llegado cerca de la cruz y removiendo con la espada las ofrendas, descubre un ídolo oculto bajo el símbolo cristiano.

MACÍAS

Hay un ídolo escondido bajo la cruz. ¡Perros idólatras!

Echa a rodar, furioso, el ídolo y descarga un golpe al que siguen todos los soldados.
Los convidados tratan de escapar. Nuño ordena.

NUÑO

Guardaos, que no asome nadie. *(A Lisandro.)* Cuidad de los que están allí.

Los soldados atacan hundiendo sus lanzas en los indios que tratan de huir. Hay órdenes de batalla. Gritos. Tristán ha atacado a los indios con un cuchillo. En vano los sacerdotes quieren intervenir y defender a los indios. El ídolo y la cruz, parecen presidir la escena. Nuño clava su espada en Esteban. Macías y

75

Nuño, peleando, salen de la plaza, salen también los soldados persiguiendo a los indios y dejando algunos cadáveres. Los sacerdotes salen con ellos.

Luisa ha vuelto y se detiene petrificada a la vista del resultado de la batalla. Tropieza con un indio que encuentra herido.

ESTEBAN

¡Luisa! *(Intenta incorporarse.)*

LUISA

¡Esteban!

ESTEBAN

No me llames así, llámame como solías llamarme.

LUISA

¡Toztli...!

ESTEBAN

Tu periquillo, el que hablaba tanto.

LUISA

¿Qué haces aquí...?

76

ESTEBAN

¿No ves? Nos han traicionado. Tú no nos traicionaste. ¿Verdad?

LUISA

¡Yo!...

ESTEBAN

Es verdad que huíste, pero no para traicionarnos...

LUISA

Tú recibiste el bautismo.

ESTEBAN

Pero no lo quería. ¿Tú? ¿Tú, sí lo querías?

LUISA

Jamás me preguntaron. Mi madre me llevó. Ella había dejado correr sangre de español por sus venas, es la que corre por mí.

ESTEBAN

Tu infortunada madre fue forzada a ello. ¿Nunca te lo dijo?

LUISA

Jamás me habló de ello. Pero una mujer se entrega por amor, es tan fácil hacerlo.

77

ESTEBAN

No una mujer de noble estirpe, como tu
madre. ¿Entregarse a un español, a un enemigo?

LUISA

A un hombre...

ESTEBAN

Ella se plegó ante la fuerza y con ese recuerdo se marchitó como los lirios del campo
bajo la lluvia.

LUISA

Entonces, ¿así fue...?

ESTEBAN

"Los gritos de una Cihuacoatl atronaban el
aire con sus nefastos augurios la noche en
que nació mi hija", nos dijo cuando te
fuiste. "Su destino estaba marcado fatalmente." (*Reacción de Luisa.*) Y luego implo-
raba a los dioses: "quitadme toda cobardía
de corazón para que con alegría reciba la
muerte".

LUISA

¿Cuando me fui...? ¿Dijo que mi destino
estaba marcado?

ESTEBAN

(*Dolorosamente.*) ¿Cómo pudo quererlo...
cómo pudo olvidar a los suyos...? Y su voz
se iba apagando y cada vez se fue haciendo
más pequeña su luz, hasta extinguirse...

LUISA

¡Callad!

ESTEBAN

Ahora, yo partiré como ella. (*Luisa le mira
con horror.*) Me aparto ya de esta posada
transitoria, que soy ave y soldado del que
está en todas partes. Tu madre me ayudó
a vivir, fui para ella como un hijo... Ya el
Dios de la tierra ha abierto la boca para
tragar la sangre de los que hubieran de morir en la guerra. He cumplido mi oficio, he
sido digno de morir en este lugar y recibir
en él muerte florida. He dado de comer y
beber a los dioses.

LUISA

¡Esteban!...

ESTEBAN

Dime otra vez Toztli.

LUISA

Toztli. (*Muere Esteban.*) ¡Toztli!...

> *Nuño vuelve a la escena con
> algunos soldados.*

79

NUÑO

¡Dejad limpio el lugar!

> *Los soldados obedecen reco-*
> *giendo los cadáveres. Nuño*
> *tropieza con Luisa.*

NUÑO

¡Luisa!

LUISA

Si...

NUÑO

Os dieron mi recado, ¿sabéis de mi partida?

LUISA

¡Sí!

NUÑO

Fue inevitable, Luisa.

LUISA

Sí...

NUÑO

¿Qué tenéis?

LUISA

El amor me sostuvo hasta encontraros. Tantas veces pensé en ello. Imaginaba que al

DOÑA ANA — *Sois gentil, os amo...*

MACÍAS — *¡Qué extraño! Se dijera que más que representación efectúan un rito*

MACÍAS — *¡Perros idólatras!*

LUISA — *Toztli... ¡Toztli!*

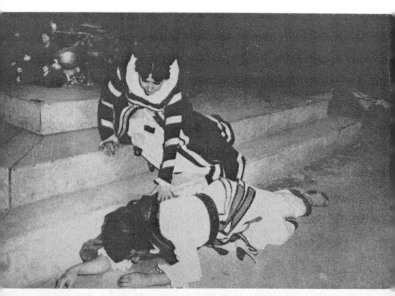

verme me tomaríais entre vuestros brazos y yo correría hacia los vuestros. *(Nuño no contesta.)* ¿No decís nada? Pues bien, yo misma no sé que me sucede ahora. ¿Por qué no lo hago? Tal vez haya sido esa sangre *(se refiere a los muertos)* que viéndola correr ante mis ojos parece como si fuera la mía propia.

NUÑO

Impresiona, claro, el mirar a esos hombres que han faltado a la fe...

LUISA

(Apasionada.) Haced que olvide todo. Volved realidad mi deseo. Estrechadme junto a vos. ¡Os he aguardado tanto!

NUÑO

(Seco.) Entended, Luisa.

LUISA

Os necesito ahora. ¿No lo percibís? Os necesito para sostener mi voluntad y para equilibrar mis pensamientos que luchan y corren y se contradicen. Tendedme vuestros brazos y el cuerpo que os ansía acallará cualquier otro llamado.

NUÑO

Si bastara...

LUISA

Vuestra presencia me es indispensable para vivir. Mis ojos, mis oídos se cerraron para otra cosa que no fuera vuestra imagen. ¿Habéis olvidado ya vuestras palabras?

NUÑO

Os aseguro...

LUISA

No dejéis escapar las horas del amor. ¿Recordáis cómo fuimos a perseguir un instante que luego pareció eternizarse? Estoy segura de haberos querido más que nadie. Aún os siento a mi lado, cuidadoso y gentil, desprendiendo la capa de mis hombros. Luego soltasteis mis cabellos y el escondido y dulce secreto de amor me revelasteis. Qué hermoso tiempo. Las horas se perseguían unas a otras y se devoraban gustosas, yendo de los sueños a los labios y de los labios al sueño. Hasta que algo os arrancó de mis brazos.

NUÑO

El servicio del Rey...

LUISA

El servicio del Rey... al principio, a pesar de todo, siempre.teníais momentos para estar a mi lado.

82

NUÑO

Sabéis, la última expedición...

LUISA

La última expedición no tenía por qué ser distinta de la primera. Si os ibais, regresabais siempre. Y yo os aguardaba en el mismo sitio como la roca aguarda el ir y venir de las olas que la acarician a veces y otras suelen azotarla. Cuántas noches mis labios se saciaron bebiendo vuestra fatiga y mis brazos fueron la cuna de vuestros sueños... Pero de pronto vuestras ausencias se fueron haciendo más frecuentes y mis labios, estos labios, se apretaron llenándose de sed.

NUÑO

¡Luisa, sois vehemente!... Odio ser duro con las mujeres hasta que es necesario. No me obliguéis...

LUISA

¿Puede haber mayor dureza que vuestro abandono?

NUÑO

Es preciso que os resignéis a mi partida. Debo ir a Flandes. Es la verdad.

LUISA

¿La verdad? ¿Por qué hablar de una verdad? ¿La verdad es ésa que viene a alzarse como un muro entre nosotros? No me habléis de verdad, que muchas veces dudé que existiera cuando se movían vuestros labios con incongruentes citas, y cerré mis oídos para inventarme la única verdad que podía hacerme vivir. Mi verdad. La verdad de que os amo y que mi frágil voluntad esclava es de la vuestra.

NUÑO

Si esclava fuera, ya me habríais entendido y me ayudaríais olvidando. Hay un tiempo para todo, Luisa, y el tiempo de nuestro amor ha pasado ya. No me pidáis más de lo que puedo daros. Generosamente trato de portarme con vos, y a pesar de que no hay ley que me obligue a protegeros, seré generoso con vuestros hijos...

LUISA

(Retrocediendo, herida.) ¿Decís vuestros hijos? ¿Mis hijos? ¿No lo son también vuestros? ¿O es que los hombres arrojan a los hijos como grano al surco y sólo el surco que se apodera de ellos los hace vivir? La planta que brota, ¿no lleva también la savia de ese grano?

NUÑO

En nuestro caso, imaginad que se trata de granos de maíz, porque el maíz es lo propio de estas tierras.

LUISA

¿Qué queréis decir?

NUÑO

Debéis entenderlo, aunque no os lo diga en idioma distinto.

LUISA

¿Os referís a mi condición? Sois español y yo... ¿lo sabíais? (*Defendiéndose.*) La mitad de la sangre que corre por mis venas es igual a la vuestra.

NUÑO

Pero el ser la mitad ya la hace diferente. No pertenecéis a mi mundo, Luisa, yo no podría desposarme con vos... (*Luisa está destrozada.*) Luisa.

LUISA

Entonces... nuestros hijos... esos hijos, son un accidente en vuestra aventura.

NUÑO

Cuidadlos, merecen vuestro amor.

LUISA

¿Podéis exigirme que lo haga, con vuestro ejemplo? Estáis derrumbando un puente para construir con sus piedras un muro. No puedo entenderlo.

NUÑO

Tal vez podríais sentirlo, como yo...

LUISA

¿Lo que vos sentís? ¿Llamáis sentimiento a vuestros instintos? *(Pausa.)* Me parece verlo ahora todo claramente. No sé cómo he podido amaros y entregaros lo mejor de mí misma.

> *Se ha abierto la puerta de la casa y ha salido Ana, que se arroja a los brazos de Nuño. Salen también algunos invitados, y criados con antorchas. Tristán, que llega con un cuchillo en la mano, limpiándolo, presencia la escena.*

ANA

Nuño, Nuño mío... ¿Estáis a salvo? ¿No os han hecho daño esos salvajes?

NUÑO

(La abraza.) ¡Ana!...

LUISA

Ella es el viaje a Flandes... y tiene sangre como la vuestra...

ANA

¿Quién es esa mujer? ¿Qué dice?

NUÑO

(*A Luisa.*) Ella es mi esposa, Luisa. (*A Ana.*)
Ana, os debo una explicación...

ANA

No necesito explicaciones, si soy vuestra esposa. Acompañadme, o seguidme. Voy a la
iglesia a dar gracias a nuestro Señor porque
estáis a salvo.

NUÑO

(*Titubea.*) Os acompaño.

LUISA

Sí, acompañadla; pero escuchadme antes:
os amé, rasgasteis mis entrañas como la car-
ne de esos indios. Envenenasteis mi alma.
No, ya estaba envenenada, ya os tenía adentro cuando os encontré y aunque os alejéis
de mí para siempre, me sentiré asida a vos
como una maldición. Siento que no podré
desprenderme de vuestra imagen aunque no
volváis a mirarme. (*Desesperada, para sí.*)
¿Por qué no puedo yo también derribar el
puente que me tendió vuestro amor y levan-
tar un muro que sepulte vuestro recuerdo?
Habéis destruido mis fuerzas y siento que
vais fatalmente dentro de mí. (*Desesperada,
fuerte.*) Pero os juro que trataré de arran-
caros hasta de la última gota de mi sangre.

> *Ana y Nuño se alejan hacia
> la iglesia seguidos de convi-
> dados. Luisa permanece in-
> móvil, por ella pasan mil pen-
> samientos. Su mente parece
> extraviarse, va hacia la cruz.
> Entra Macías con unos solda-
> dos y Cristóbal.*

MACÍAS

(Entrando.) Dejad limpio el lugar. *(A Tristán.)* ¿Qué hacéis? Venid con nosotros.

> *Tristán continúa limpiando
> su cuchillo.*

TRISTÁN

Limpio mi hermoso cuchillo. No me gusta
la sangre de los indios.

MACÍAS

(A Martín.) Apresuraos, Martín, recoged los
cadáveres que puedan haber quedado todavía por allí, yo voy en busca de fray Domingo.

MARTÍN

Será como ordenáis.

TRISTÁN

(Acercándose a Luisa.) Recordad: estoy pres-
to a recoger las migajas de mi señor.

Luisa lo mira enloquecida, le arrebata el cuchillo y sale corriendo de escena, después de decirle.

LUISA

¡Recogedlas!

TRISTÁN

(A Cristóbal.) Qué va a hacer esa mujer, se ha vuelto loca.

CRISTÓBAL

Seguidla. *(Salen corriendo tras ella.)*

Los soldados limpian de cadáveres la plaza. Llegan fray Alonso y fray Domingo.

FRAY DOMINGO

Triste en verdad resultó lo acontecido.

FRAY ALONSO

Dios perdone a esos naturales y nos ayude a arrancarlos del error. Formularé un informe para que no se juzgue mal de nuestra actitud.

FRAY DOMINGO

Yo mientras tanto, miraré por la plaza para ver si hay algún alma cristiana que ayudar.

Se separan los frailes, fray Domingo se dirige hacia la cruz cerca del cadáver de Toztli que poco después es recogido por los soldados de Macías.

MACÍAS

(*Acercándose a la cruz.*) Os habrán convencido los hechos.

FRAY DOMINGO

Os pareceré terco, pero repudio la fuerza. Es camino fácil, pero endemoniado, sólo el amor conduce verdaderamente hasta los corazones.

Han entrado a la plaza gentes desordenadas, gritando: "Qué horror", "es espantoso".

FRAY DOMINGO

Pero, ¿qué sucederá con esa gente? ¿Qué escándalo es ése?

Los vecinos van y vienen. Se escuchan diversas voces: sirviendo de fondo al diálogo, ¡Qué horror! ¡Los pobrecillos! ¡Es una bruja! ¡Merece la horca! ¡Hay que ajusticiarla!

PRIMERA VECINA

¡Oh, es horrible, Dios mío, es espantoso!

PRIMER VECINO

Nunca se ha visto cosa semejante.

TERCER VECINO

Merece la horca.

MACÍAS

¿Qué sucede?

PRIMERA VECINA

Buscó el camino del pecho para clavar el puñal...

CUARTO VECINO

Voy por el Alcalde. (*Sale con el primer vecino.*)

FRAY DOMINGO

¿Qué dicen? no entiendo.

SEGUNDO VECINO

Justicia. Debe purgar su crimen.

MACÍAS

¿Qué ha pasado?

SEGUNDO VECINO

(*Llegando.*) El proceso será breve. Ha sido llamado el Alcalde del crimen.

91

SEGUNDA VECINA

(*Llegando.*) Una mujer clavó el puñal muchas veces. Fue horrible. Decía que necesitaba ver correr la sangre.

TERCERA VECINA

(*Pasa gritando.*) Una bruja, han cogido una bruja.

MACÍAS

Pero, explicaos bien: ¿qué ha sucedido?

SEGUNDA VECINA

Una mujer... un monstruo, acabó con sus hijos.

FRAY DOMINGO

¡Jesús nos ampare!

SEGUNDA VECINA

Eran dos pequeños niños, hermosos y tiernos.

MACÍAS

¿Dónde ha sido?

SEGUNDO VECINO

Aquí cerca. Llegó ya la guardia. Y un oidor vecino tomó cartas en el asunto.

MACÍAS

Veré si puedo ayudar. *(Sale.)*

FRAY DOMINGO

Pero ¿cómo pudo hacer eso?

MARÍA

(Que llega cerca de fray Domingo.) Ayudadme padre, ayudadme.

FRAY DOMINGO

¿En qué os puedo ayudar, hija mía...?

MARÍA

Yo venía nuevamente a encontrarla, con los niños. Me preocupaba tanto la señora estos últimos días. La dejé aquí, iba a donde vos, a que la aconsejarais... pero me pareció mucho tiempo... y volví... ¡oh! ¿por qué lo hice? Cuando llegó cerca de nosotros se rasgó las vestiduras al vernos y después... ¡oh, es horrible!

TRISTÁN

(Entra como idiotizado.) No tuve la culpa. Os aseguro que no la tuve. Sólo la seguía... Me arrancó el puñal... yo lo estaba limpiando y... ¡sus propios hijos!...

FRAY DOMINGO

(A María que solloza.) Calmaos, mujer, calmaos...

SEGUNDO VECINO

Maldita mujer.

TRISTÁN

Fue con mi puñal... Todavía tenía la sangre de los indios.

FRAY DOMINGO

Allí viene ya el Oidor.

> *Un grupo exaltado llega dando voces: "Justicia, que acaben con la bruja". Entran a la plaza el escribano, un oidor y el alguacil del crimen.*

FRAY DOMINGO

Calmaos, hijos.

ESCRIBANO

Impropia me parece la precipitación. ¿Por qué no seguir el orden establecido? En los procesos criminales de importancia deben tomarse y examinarse por sí los testigos ante el escribano y no ante otro alguno, so pena de multa al juez que así lo hiciere... No fui requerido a tiempo para el asunto y otro tomó mi lugar... he de aceptar una resolución ajena, no considero que sea correcto.

OIDOR

Lo mismo podría yo decir, que tras de trabajar doce horas en el día sin suspender mis tareas, soy arrancado del lecho para firmar una sentencia dictada por otro entre los gritos de la multitud.

ALGUACIL

Todos debemos entender que esta premura está obligada por la excitación popular. Recordad que una justicia transferida acarrea descontento en el pueblo, cuando éste se enfurece más allá de los límites de la conciencia.

ESCRIBANO

¿Y dónde está la mujer?

OIDOR

Parece que es aquélla que se acerca.

> *Avanza Luisa hacia la cruz, azotada por el verdugo, maltratada por las gentes.*

ALGUACIL

(Al escribano.) Dad pues lectura a la sentencia que traemos preparada. *(A la gente.)* Callad un momento para escuchar al señor escribano. *(La gente obedece.)*

ESCRIBANO

(*Leyendo.*) Cristóbal Pérez, vecino de esta ciudad, se presentó a denunciar el hecho de una hechicera que asesinó a sus hijos. Tomado y visto el asunto en dos partes; se le apercibió fiscal y autor acusante y de la otra reo defendiente a Luisa de Alveros, vecina de esta Nueva España...

CRISTÓBAL

(*Interrumpe.*) Sí, yo fui quien la acusó. Yo presencié todo. Arrancó el puñal de manos de un hombre y lo clavó varias veces en el corazón de sus hijos. (*Todos se sobrecogen, murmullos de horror, gritos de "que muera", "es una hechicera", "¿qué esperan?", "a la horca".*) Luego arrojó a las aguas del canal los pequeños cadáveres y dijo: "Que la sangre se lave antes que el cuerpo se mezcle con la tierra".

PRIMERA VECINA

Es una hechicera.

SEGUNDA VECINA

Las hechiceras beben la sangre de los niños...

PRIMERA VECINA

Estaría ya harta, cuando los arrojó... o efectuaba algún maleficio.

NUÑO — *Odio ser duro con las mujeres hasta que es necesario*

LUISA — *Estáis derrumbando un puente para construir con sus piedras un muro*

MARÍA — *Ayudadme, padre, ayudadme*

PREGONERO — *...expuesta en el rincón de las ánimas durante seis horas a la vista de todos...*

TERCERA VECINA

Yo la conozco. Sí, es una hechicera. Se pasaba las noches en el balcón de su casa atenta a entrevistarse con los demonios. *(Señala a María.)* Y esa mujer... esa la ayuda.

MARÍA

(Llena de terror.) Yo no, os juro que yo no. Yo sólo cuidaba a los niños. Por favor, padre Domingo.

FRAY DOMINGO

(A la gente exaltada contra María.) Dejadla. ¡No tenéis ya bastante con esa infeliz! *(Se refiere a Luisa, que se ha desplomado en el suelo a fuerza de ser golpeada.)*

ALGUACIL

Callad, o se retrasará el juicio. *(Callan todos.)*

CRISTÓBAL

Esa mujer *(señala a María)*, al ver a la asesina, le dijo: vuestros hijos os esperan, señora. Y los niños se acercaron a la infame, que los rechazó diciendo una fórmula misteriosa: "El grano de maíz tiene que morir para dar vida a la planta..."

ALGUACIL

¿"El grano de maíz tiene que morir para dar vida a la planta"?...

CRISTÓBAL

Y entonces, levantando el puñal que había
tomado de las manos de ese hombre, sí, de
ése que está allí, lo hundió en el corazón
de sus hijos. Yo lo recogí. He aquí el puñal.

*La gente grita enfurecida y
horrorizada.*

FRAY DOMINGO

Qué fuerza del demonio pudo mover su mano.
¡Dios mío!, ¿podrá ser perdonada?

ALGUACIL

Crimen inconcebible es, va contra la natu-
raleza, no tiene perdón.

CRISTÓBAL

Éste es el puñal *(lo entrega al Alguacil)*. Esa
mujer merece la horca.

*Voces indignadas: "Que mue-
ra, sí, que muera". "La horca,
merece la horca."*

ALGUACIL

(A Luisa.) Éste es el puñal. ¿Lo reconocéis?
Miradlo...

LUISA

No, no...

98

Gritos: "*Que ahorquen a la bruja, muera esa mujer*", "*a la horca*".

OIDOR

Condenarla servirá de ejemplo.

ALGUACIL

La sentencia salva el principio de nuestra autoridad ante el juicio del pueblo mismo.

MACÍAS

(Que vuelve.) Ya un grupo de hombres está levantando cerca de aquí una horca. *(Salen algunos.)*

ALGUACIL

(Al escribano.) Terminad la lectura de la sentencia, como estaba prevista si era condenada...

ESCRIBANO

Y así resultó. *(Leyendo.)* "Iniciado el proceso y excluyéndose el orden que le convenía en virtud de su importancia, probada la intención y demanda del fiscal, se condena a Luisa de Alveros, por no haber probado cosa que le aproveche, a la pena de la horca, para que sea castigada con todo el rigor del derecho..."

OIDOR

Muy bien, me parece muy bien.

ALGUACIL

Ahora, habréis de añadir: Se le vestirá con el sambenito de los ajusticiados. Después de muerta permanecerá clavada y expuesta durante seis horas para escarmiento y satisfacción de la venganza pública.

ESCRIBANO

Lo añadiré en seguida.

ALGUACIL

Ahora, vosotros.

> *Ha hecho una señal a unos hombres que echan un sambenito sobre el vestido a Luisa. La gente vuelve a excitarse. El cabello de Luisa cae ahora suelto sobre sus hombros. Le ponen en la mano un cirio y la hacen avanzar. Luisa, agobiada, atraviesa la escena y pasa junto a fray Domingo, que está cerca de la fuente.*

FRAY DOMINGO

Que Dios os perdone.

LUISA

(*Extraviada, estalla al fin.*) Su sangre era
roja. Toda la sangre es la misma. La de los
indios, la de los españoles aquí muertos...
Toda la sangre es la misma... Yo creí que
la de ellos estaría manchada, que no debía
mezclarse la sangre, porque en mí he sentido la lucha de una gota contra otra gota,
como si dos fuerzas iguales se opusieran
adentro. Yo he sentido correr dentro de mí,
el amor y el odio, la generosidad y la perfi-
dia, la confianza y el miedo, como si todos
hablaran dos lenguas diferentes. Entregué
su torrente a los sueños y a las indecisiones,
fácilmente me arrastró la pasión a lo extraño... Negaba mis orígenes... Ofendí al Señor de todas las cosas... ¿qué digo? al Dispensador de la Vida... ¿qué digo? a Nuestro
Señor Jesucristo... Oh, no, al Dios inmenso,
al de los vistosos arco-iris... ¿qué digo?...
¡Oh! ¿por qué esta confusión? ¿Por qué he
tenido que arrastrar este destino? Pero ya
los destruí, los destruí al fin.

FRAY DOMINGO

Pobre mujer... ¿no percibisteis que destru-
yendo a vuestros hijos, os destruíais a vos
misma?

LUISA

¡Mi mente ha sido un concilio de fantasmas!

101

Unas veces me habló el amor. Qué importa, decía, si todos son iguales. Si más allá de los mares nacen y viven y luchan otros hombres como lo hemos hecho nosotros. Otras veces clamaba la venganza. Es tu tierra, la tuya, la tierra de tus padres... El cielo impasible no respondió a la pregunta. Los niños... mis hijos... ellos parecían ser la respuesta, pero no... porque ellos iban a sufrir las vejaciones y el desprecio del extraño, del que había venido a apoderarse de sus tierras. Ellos no podían ser esclavos donde sus antepasados habían sido dueños.

FRAY DOMINGO

Nadie podrá entender lo que habéis hecho. Rogaré por vos.

LUISA

"Sólo venimos a dormir,
sólo venimos a soñar,
no es verdad, no es verdad
que venimos a vivir en la tierra..."

Yo quise acabar con lo impuro, no lo entendéis? ¡Nadie lo quiere entender! Y lo busqué en la sangre, pero no pude encontrarlo... ¿Les destruí, decís?... no... no es posible... ellos no han muerto, ellos deben vivir por encima de Nuño, por encima de mí, más allá de nosotros. Les clavé el puñal en el pecho y vi correr su sangre, es la mis-

ma... es la misma sangre. *(Lanza su grito.)*
¡Ay, mis hijos, mis pobrecitos, mis desdichados hijos!...

FRAY DOMINGO

No gritéis, mujer.

LUISA

Gritaré, seguiré gritando por siempre, mientras sienta la lucha dentro de mí. Mi alma es la que no tiene descanso.

> *Pasa y sale de escena en silencio. Todos van con ella, excepto fray Domingo y Macías.*

MACÍAS

Pagará con su vida la de sus hijos, la abandonó la razón.

FRAY DOMINGO

Cómo podían salvarse con su amor, los frutos cercados por la codicia y la lascivia.

> *Salen de la iglesia Ana y Nuño.*

NUÑO

Ana, amor mío. ¿Qué os sucede?

ANA

He sentido que me ahogaba. Y aquí... el aire pesa, Nuño.

Se acerca un pregonero y lanza su pregón incitando la curiosidad de los invitados que van saliendo también de la iglesia.

PREGONERO

En la ciudad de México, por voz de Diego Pérez, pregonero público, escuchad el pregón que como es costumbre será pregonado junto a las Casas Reales de esta ciudad, en la esquina de la calle de San Agustín, sobre el puente de piedra y al cabo de los Portales, haciéndose saber que la sentencia dictada contra la hechicera que dio muerte a sus hijos ha sido la horca, y se convoca a mucho número de gentes para que puedan ser particularmente testigos del escarnio de que va a ser objeto, expuesta en el rincón de las ánimas durante seis horas a la vista de todos, luego de haber sido ajusticiada. Doy fe. Andrés de Ocaña, Escribano Real.

Los convidados, incitados por la curiosidad, van a ver la ejecución.

ANA

Nuño, ¿vamos a verla?

NUÑO

Para qué, a menudo ahorcan brujas en esta ciudad. Nosotros tenemos algo más importante que hacer: amarnos.

ANA

Todos han ido a ver. (*Caminan hasta estar cerca de la cruz.*) Una mujer que mata a sus hijos...

NUÑO

Es repugnante. Prefiero que vuestros ojos sólo vean cosas bellas. Ana, os voy a hacer un regalo (*saca la cajita de rapé*). Esta pequeña caja significa mi decisión de unirme a vos, de ser sólo vuestro... Pero váis a darme un beso en cambio, como premio. Acercaos.

> *Comienzan a sonar las campanas, con un leve fondo de música.*

MACÍAS

Parece como si estuvieran sonando solas.

FRAY DOMINGO

Debe ser el viento.

MACÍAS

¿Habrán matado ya a esa mujer?

AÑA

Nuño, ¿qué sucede? Siento que no puedo moverme...

NUÑO

Yo tampoco puedo acercarme. Es extraño,
mis pies no me obedecen. Estrechadme entre
vuestros brazos, Ana.

ANA

No puedo, Nuño, no puedo. Sin moverme de
este sitio, veo como si estuvierais muy lejos,
cada vez más lejos.

NUÑO

Tomad esta caja. Arrancadme de esta tierra
maldita. Me quema las manos.

ANA

Imposible.

NUÑO

Siento como si se me fuera metiendo en la
sangre, por toda mi sangre. Ya no puedo
desprenderme de ella.

> *La música tiene un cambio*
> *extraño. Se proyecta la som-*
> *bra de Luisa.*

NUÑO

Tomad esta caja, Aná, por piedad. Libradme
de ella. Libradme de esta tierra. *(Al ver la*

sombra.) Luisa... Luisa... *(Va a desplomar-se.)* Dejadme vivir... Al fin se apoderó de mí esta tierra.

> *Nuño cae muerto. Ana, sin poderse acercar, lo contempla llena de terror. Cesa la música.*

MACÍAS

(Reponiéndose.) Mirad. Es don Nuño de Montes Claros. *(Va hacia él, lo contempla.)* ¡Ha muerto! *(Ana se ha desplomado sobre el cuerpo, llorando.)* Esa mujer... hay que perseguir a esa mujer.

FRAY DOMINGO

Es inútil, no se puede perseguir a una sombra...

> *Oscurece todo, excepto la cruz. Un indio que lleva una enorme carga sobre los hombros, pasa y deposita unas flores al pie de la cruz, arrodillándose. Se escucha la voz del poeta.*

VOZ DEL POETA

Oh, señor que das la vida, ¿qué ha sido de vuestro imperio?

Contradictorias voces lo impulsan, arroyos
de distintas sangres lo arrastran hacia
el mar.
Triste está mi alma, y el corazón se desata
en llanto,
Mientras el silencio cae como pétalos sobre
las ruinas de Tenochtitlán...

Oscurece totalmente.

Este libro se terminó de imprimir y encuadernar en el mes de diciembre de 1999 en Impresora y Encuadernadora Progreso, S. A. de C. V. (IEPSA), Calz. de San Lorenzo, 244; 09830 México, D. F. Se tiraron 1 000 ejemplares.